KB133634

꽃들이 놀다

유우영 시집

문학사계

시인의 말

그동안 묵혀 놓았던 물건을 꺼내 버릴까 말까 망설이다가 시집은 언제 나오느냐는 지인의 말 한마디에 용기를 내봅니다.

사춘기 시절에 검정피아노가 내 곁에 왔듯이 이순의 나이에 그 설렘으로 조심스럽게 꺼내 놓습니다.

가시덤불을 헤치며 헤매고 있을 때 오봉옥 교수님이 길을 안내해 주셨고 그곳에서 쭉정이도 만나고 꿀벌처럼 달콤한 시도 만났습니다.

힘이 버거울 때나 지쳐있을 때 말없이 힘이 되어주었던 문우들 언제나 내 편이 되어 지지해 주는 사랑하는 가족들 늘 기도해 주시는 목사님, 교회 가족들에게도 감사를 전합니다.

곁에서 항상 지켜주시는 주님께 영광을 돌립니다.

2020년 1월 초
유우영

차례

제2부

제3부

제4부

작품해설

제1부

어머니

은빛실로 한 땀 한 땀 지은
억새밭 사이 아기둥지
고물고물한 새끼들이 들락거린다

지저귀는 어린 새소리에 엉킨 마음도
실타래 풀리듯 바람결에 풀려가고
종종걸음 치는 동안 허리는 휘청휘청
하나 둘 어미 품에서 모두 떠나보내자
어느새 앙상하고 구부정한 뒷모습

그제야 억새는 하얀 새가되어
긴 팔을 이리저리 휘젓는다

세한도

산정호수에 꽁꽁 얼어붙은 빙판길
썰매자전거 타는 동안 생각하니
호수만큼이나 깊어 보였던 아버지

그 품속에 안기곤 했던 어린 시절
팔남매 모두 아웅다웅 커가는 동안
살얼음판을 망설임 없이 걸어가셨다

눈밭에서도 곧게 서있는 소나무
추운 겨울일수록 더 푸르다는 것을
아버지를 잃고서야 나는 알았다

여섯 살 인생

넓디넓은 운동장
교장 선생님 조회시간은 길어지고
교사였던 언니를 졸라 여섯 살에 입학한 나는
발가락 꼼지락 꼼지락 거리다가
운동장에 서있는
큰 언니 치맛자락 속으로 쏙 들어 가버렸다
당황한 언니는 강당으로 데려가
처음으로 회초리를 들었다

"학교는 놀이터가 아니야
여기서는 언니라고도 부르지 마"

집에 돌아온 나는 비녀머리를 한 어머니 품에서
언니를 일러바치고 눈물자국 남기고 잠이 들었다

팔각정

툇마루에 수건놀이 하듯 둘러앉은 오남매
신발들 질서 없이 들쑥날쑥 벗어놓고
편안하게 먼산 바라본다

맛깔나게 빚어놓은 쑥떡을 펼쳐놓고
맛나네 맛나 끈끈한 정을 나눈다

종종걸음으로 다가온 비둘기
기웃거리거나 말거나
오월의 햇살이 수다를 떠들어대는 동안

우리는 어머니 품처럼 넓디넓은 팔각정에 누워
서로 뒤엉키며 팔베개 하던 시절로 되풀이 하고 있다

풍경

단풍이 오순도순 속닥이다가
흥에겨워 붉게 타오르고
옹기종기 걸어가는 오형제 윗도리도
울긋불긋 물들어 간다

팔순을 앞둔 언니의 정겨운 목소리
내년에도 이 고운 단풍을 볼수 있을까

우리 오형제는 말없이 한걸음
발걸음을 옮긴다

설악산 구름다리를 멀리서 바라보고
뒤돌아서는 언니들
산은 자꾸만 뒤돌아보는 우리에게
단풍잎 한 장 떠메고 가라 한다

어머니의 반달

엇비슷한 얼굴로 육남매가 둘러 앉아
솔잎냄새 풍기며 송편을 빚는다

앞서거니 뒷서거니 익어 나온 송편은
반질반질 한껏 뽐내고 있는데
귀퉁이에 웅크리고 있는 송편에 자꾸만 눈길이 간다

열손가락 깨물어 안 아픈 자식 없다지만
늦둥이로 태어난 내가 애달파 시집보내고도
어머니는 문지방 닳도록 종종걸음 하셨다

은토끼 절구질 하는 소리에
보름달은 반토막 잘려나가고 반달눈이 되어 빼꼼이 바
라본다

요가

딸아이와 함께 동네 산에 올라와
한 마리 새가되어 날갯짓을 해보는데
허공에 매달린 나뭇가지 놀라서 흔들거린다

그곳에 기댄 채 물구나무를 서자
이제 훔쳐보던 벚꽃이
필듯 말듯 재주를 부린다

얼핏 새끼로 보이는 비둘기 앞장세워 다가오고
비둘기에게 먹이를 던져주며
딸아이와 지지고 볶던 지난 시절을 떠올려본다

음악의 길을 오랫동안 걸어갔던 딸아이
디자인으로 뒤늦게 첫걸음을 옮겼다며
수다 떠는데 거꾸로 바라보니 딸아이 얼굴이 벚꽃처럼
환하다

시간

예식장 회전문 안으로 갈건 지 말건 지
잠시 긴장을 느끼며 들어선다
뻣뻣하게 들어섰던 사람들
어깨를 후려 맞으며 비틀거리고
쭈뼛쭈뼛 들어서는 내게도 힘내라고
툭 치고 돌아간다

오월의 신부였던 내 모습은 사라지고
주름진 얼굴이 낯선 사람들과 함께 출렁거리고 있다
안간힘을 쓰고 도망치듯 나오자
꽃잎이 속절없이 흩어지더니 머리위로 피어난다

예식장 밖으로 나갈 건지 말건지
긴장을 하며 다시 들어선다.

시 바라기

시를 쓰면
밥이 나오냐
쌀이 나오냐 라는 소리를 들었다

나는 팔랑 나비처럼 온 힘을 쏟으며
일용한 양식을 찾아다녔다

활짝 핀 꽃을 찾아다니면서
가시덩굴 속을 헤매다가
불현듯 벌꿀처럼 달콤한 시를 만났다

사람들과 만나서 수다를 부릴 때
길거리를 한 눈 팔면서 걸어갈 때
어두컴컴한 방에서 간절히 기도할 때도
어느덧 시와 마주하게 된다.

일용한 양식은 가득하건만
헛헛한 마음에 시와 씨름하다가
나도 모르는 사이 잠이 들었다.

요술램프

몇 년 동안 묵혔던 시를 정리하려 하는데
쓰나미 휩쓸려가듯 글이 모두 사라졌다

티브이와 함께 따라온 지니 스피커에
실없이 말을 걸었다

-기가지니, 내 글 좀 찾아줘
 눈만 깜박 깜박 아무 반응이 없다

내가 명령만 내리면 티브이 화면도 켜주고
리모컨도 찾아주던 지니도 별 수 없나보다

원고를 뒤적거리며 노트북에 뜨개질하듯
한 땀 한 땀 새롭게 정리하면서
뒤져보다가 몇 년 전 발표한 시가
잃어버린 강아지 만나듯 살갑게 느껴진다

이것이 인생

인왕산 둘레길 가온다리
관절염으로 고생하는
언니 다리처럼 삐걱거린다

흔들리면서
살아가는 거라지만
때로는 피멍이 들어
주저앉고 싶을 때가 있다

길게 늘어진 흔들다리
우아하게 거닐어보지만
지그재그 갈지(之)자가 된다

미로

가시덤불 헤치고 봉분 앞에 섰다
털 털 털
멀리서 포크레인 소리가 정적을 깬다
선산은 한사람 손에 팔려 나갔고
산소로 가는 길은 미로의 숲이 되었다

생전에도 말없이 지켜보셨던 아버지
마지막 땅 한 평 차지하는 삶이니
마음을 비우라 하실지 어떨지

내려오는 길
오빠가 한숨을 쉬며 나직한 목소리로
화장해야 할 것 같다고 한다

언니들도 말없이 발걸음을 옮긴다

리본 달력

새 달력을 벽에 건다
하얀 블라우스에 서른한 개 리본이 새겨져 있다
빨강 리본이 그려져 있는 날은 교회에 나가
찬송가를 넘기며 피아노 반주를 하는데
소리는 나비처럼 나풀 나풀 날아가 흩어진다.

어릴 적 아버지를 일찍 잃고 언니들이 친정집을
떠나갔을 때 나는 피아노를 벗삼아 지냈다
모든 일들이 반음과 반음사이로 일이 벌어지곤 한다
서른 가까운 나이에 결혼한 나는
아들 딸 낳고 어려운 일도 남편과 함께 헤쳐 나갔다

육십년이 훌쩍 지난 지금도 새 달력을 보면
평소에 음악을 듣는 것처럼 들떠 있다가
한 장 한 장 넘길 때면
아끼던 메모장 찢겨 나간 듯 허허롭다

지난 날 떠올리며 건반을 하나 둘 짚어 가는데
외톨이가 된 나비 한 마리 손등에 내려앉고
달력의 하루는 뭐가 그리 급한지
나들이 간 아이 서둘러 오라고 재촉한다

마중물

한 바가지 물씨를 심고 펌프질 하면
콸 콸 콸 큰 물을 몰고 왔다
그 시원한 물을 받아
우리는 등목도 하고 수박도 띄웠다

잠자리에 들 때
앓는 소리를 내시던 어머니
펌프에서 들리던 그 소리도
아슴아슴 포개져 운다

이젠 누가 있어 마중을 갈 것인가

빗물인지 눈물인지

늘어지고 찢겨진 우산을 정리하면서
그동안 고무공 같았던 인연도 활짝 펼쳐본다

어릴 적엔 언니들 품속에서 자랐던 내가
아이들 키우면서 그늘이 되어 지켰지만
그 우산이 찢겨지고 튕겨나가는 순간이 있었다

아롱이다롱이 커간 아이들이
내가 힘들어 하는 기색을 내비치면
이제 든든한 우산이 되어 그늘을 만들어 준다

물방울 우산을 들고 빗속으로 걸어가며
그동안 살아온 세월을 되짚어 보는데
눈앞에 물방울이 뚝뚝 떨어진다

사생대회

아이들이 던진 물감이
하늘에 무지개로 떠있네.

색동옷 입고 나들이 하다가
길을 헤매는 동안
샘이 난 햇볕이 무지개를
밀치는 바람에
초승달이 되었네.

어릴 적 내가 그렸던
오색 꿈은 어디로 사라졌나.

소풍가던 날

금실 은실 엮으며 살던 형부는 노래 한 가닥 남겨놓고
팔십 오세에 가을 하늘 별이 되었다
빗줄기가 갈팡질팡 거리며
마음속으로 파고든다

언니가 족두리 쓰고 결혼하던 날
하늘에 구멍 뚫린 것처럼
비가 주룩 주룩 내렸다
막내동생인 나는
언니를 빼앗겼다는 서러움에 한없이 울었다

화장터에 도착하자
가을 햇살은 다정한 얼굴을 하고
흔들리는 언니의 어깨를 감싸 안는다
형부는 한줌의 재가 되어서도 귓가에 맴돈다

'얼마나 울었던가 동백아가씨
그리움에 지쳐서
울다 지쳐서
꽃잎은 빨갛게 멍이 들었소'*

*이미지 〈동백 아가씨〉 가사 일부

뜨개질

안뜨기 겉뜨기 엮으면서 들숨날숨
오늘도 하루를 저어 간다
오징어 문어다리 만들어가는 동안
끊어진 실마리 새롭게 묶으며
알콩달콩 살아가는 원앙새 한 쌍 새겨 넣는다

돛단배에 순풍 달듯 희망의 날개 펼쳐보지만
세상살이 만만치 않다
언젠가 팔아먹은 금반지 떠올라
한 눈 파는 사이 피라미 새끼가 달아나 버린다
깜짝 놀란 나는 노를 놓치고
남편은 재빨리 거들어 낚싯대를 마무리한다

한코 한코 손뜨개로 풀어 가며
새로운 세상살이 그리다보면 지난 시절이
자꾸만 눈앞에 스쳐가곤 한다

동행

고희를 넘긴 언니는 궂은 날씨에도
늘 초롱이와 산책길을 나섰다
고운 옷 입고 공원 낙엽위로
폴짝폴짝 뛰어다니던 초롱이

어느날 초롱이가 갑자기 사라져
며칠동안 집에도 돌아오지 못하고
수소문 끝에 동물 보호소에서
초췌한 모습으로 데려왔다

그 뒤 초롱이는 품속에 맴돌며
시름시름 야위어 갔고
나이 들어 저 세상으로 건너갔다

모란꽃 피던 날
-제16회 영랑문학제 시상식을 보고

꽃 한 송이 맑은 향기로 피어나
빗줄기에 시름시름 몸살을 앓다가
분분한 꽃잎 뜨락에 드러눕는다

짓무른 눈가 아픔을 딛고 피어나는 모란꽃
역경 속에서도 한길만 걸어갔던 영랑선생
그 도도한 향기가 지금도 고스란히 남아 맴돈다

영랑문학제 시상식이 열린 날
봄비 오락가락 거리고
안고 있는 꽃다발도 활짝 웃는다

모진세월 뒤로 하고 오봉옥 시인이
영랑시문학상을 받는데 모란꽃이 살짝 바라본다

제2부

몸살

캄보디아 앙코르와트 여행지에서
알록달록한 원피스 입고 사진 찍는데
날아온 벌 한 마리가 휘젓는 손가락 끝을 쏘아댄다

벌침을 빼고 발걸음을 옮기는데
원숭이들 모여들고 초콜릿을 던져주자
치맛자락 잡아당기며 졸졸 따라오던 원숭이

웅장한 앙코르와트 사원에 들어서지만
기둥에도 천정 까지도 섬세하게 새겨진 장식은
오랜 세월 애간장을 태운 탓인지
닳고 닳아 지워져 가고 있다

집에 돌아온 나는 병원에서 링거 주사 맞는데
앙탈부린 아기 원숭이가 눈앞에 어른거리고
대롱대롱 매달린 수액은 그 눈물이 되어
닭똥 같이 뚝뚝 떨어지고 있다

궁금증

해질 무렵 메뚜기는 하루살이에게
"얘 오늘은 그만 놀고 내일 만나자"
"내일이 뭐야?"

날이 어두워지자 개구리가 메뚜기에게
"날이 추워지니까 내년에 만나자"
"내년이 뭐야?"

어린 손녀딸이 유치원에서 만든 카네이션을
할머니 가슴에 달아 주었다
"아이고 좋아 죽겄네"
"할머니 좋은데 왜 죽어?"

꽃잔디

막내딸 혼수 준비에 손놀림 분주하고
청실홍실 수놓으며 칠보장식 달아주던
어머니 눈가가 그렁그렁 젖어든다

혼인 잔치에 덩달아 바빠지는 벌떼들
맞절하다가 엉덩방아 찐 신부 볼에
붉은 도장 한 수놓고 지나가는 노을

떠들썩한 구경꾼 돌아간 뒤
새신랑 술 취해서 잠이 들었다
족두리 쓰고 홀로 앉아 있는 새색시
앉은 채로 꾸벅꾸벅 졸고 있는데

애가 탄 친정어머니
"애야, 죽어도 참아야 하느니라"

나이테

의사가 내미는 엑스레이는
누룩처럼 삭혀져 두 아이를 키워온
삶의 흔적들 고스란히 담겨져있다

허리에 침맞고 동네 뒷산에 오른다
벚꽃나무 갈라진 틈새 사이로
파릇파릇 새순이 돋는다

한 살을 더 자셨구나
이런저런 고난을 딛고 새겨진 나이테가
허리에도 옮겨져 하나 더 그어질 것이다

사월

목련 꽃 등불이 하늘을 향해
조금씩 조금씩 입을 벌리며
제 속을 태우는데

나는 눈인사도 제대로 하지 못한 채
잔인한 4월을 보내고 있다

가지마다 노오란 핏줄 번져가고
꽃잎이 하나 둘 떨어지는데

등불 한번 밝히지 못하고
마당 한 귀퉁이에 떨어진 꽃봉오리

내가 부르는 소리에 화들짝 놀라
닫힌 가슴을 활짝 열어젖힐 것 같다

이팝꽃

팅팅 불린 보리쌀을 가마솥에
몽글몽글 지어낸 소복한 밥
흐벅지게 핀 꽃잎 번져 가면
어린자식 먹일 생각에
올해 농사는 풍년일 거라던 어머니

꽃향기 풍기며 언니들 나들이 가고
벌떼처럼 기웃거리는 이웃 총각들
내게 쪽지 심부름을 시키곤 했다.
어머니가 언니들 부르는 소리에
숨어든 나의 가슴은 콩닥 콩닥

이팝나무는 깨복쟁이 때부터
나와 언니들을 숨겨주고 키웠다.

가을의 오선지

단풍잎은 팔랑거리다가 지루한지
덧줄을 걸치고 나뭇가지에 쉼표를 그리면
새들도 지지배배 음표를 새기며 허공으로 날아간다
금수저로 태어난 잎은 가을 내내 뽐내더니
시들시들 어디론가 사라지고
뒤늦게 햇살에 물오른 단풍잎은
들숨날숨 풍성하게 화음을 이루고
한음 한음 음계를 밟고 사뿐히 내려온다

여름에는

하늘과 함께 자라나는 숲
기린처럼 목이 길어지고
퍼즐처럼 초록물감 번져간다

숲이라 해서 한곳만
바라보는 것은 아니다
날아다니는 새에게 손짓하고
건너편 숲 친구에게 한 눈 팔면서
어부렁더부렁 살아가는 법을 익힌다

바람도 이리 저리 날아다니고
휘파람새도 졸음 쫓는 8월

때론 바깥세상 꿈꾸며
키 작은 나무가
자꾸만 목이 길어진다

아카시아

한 여인이
가난한 시인을 짝사랑하다
아카시아 꽃이 되자
사람들은 잎사귀
하나 둘 따내기 하며
깔깔거리고 비웃는다

바람 한 줄기에도
속절없이 흩날리던
아카시아 꽃잎이
부케꽃 들고 먼 곳으로
나폴 나폴 날아가고 있다

틈새

언덕 넘어 날아온 풀씨
모퉁이에 오롯이 자리 잡는다
틈새 사이로 피어오르는 들풀
잘낫네 못낫네 다툴 사이 없어
키순서대로 고개를 내민다

빈틈만 보이면 올라서기 바쁜
세상살이
올려다보느라 고개 아픈 내게
무릎 굽히며 내려다보게 하는 민들레

모든 걸 내려놓고 하얀 씨방이 되어
가볍게 날아오르며 나를 힐끗 뒤돌아본다

하늘 공원

코스모스에 한눈파는 사이 억새풀은
시샘하듯 하늘을 향해 붓질을 한다
간지러운지 구름떼 물러가고
꽃잎에 물든 노을이 슬그머니 고개를 내민다

초가지붕에 쌍둥이처럼 다정한 조롱박
여덟 개 손가락 펼쳐
하늘하늘 손 흔드는 코스모스

한 송이 꽃이 되어
물방울 원피스 입고 걸어가는데
따라오던 벌 나비 힐끗 훔쳐보다가
오던 길 되돌아간다

영산홍 처녀

다홍색 립스틱 훔쳐와
곱게 치장하고

너무 야하다고 놀려대니
연지 치맛자락 날리네

흐드러지게 웃는 소리에
동네 총각들 몰려오고

방정맞다고 한마디 건네더니
꽃잎 하르르 쏟아내며
저만치 달아나네
가다가 돌아보네

연탄곡

-젓가락 행진곡

둘이 타는 자전거
함께 오르며 페달을 밟는다
길가엔 코스모스 한들거리고
덩달아 고부랑 고부랑 넘어질듯 달린다.

어디선가 바람처럼 나타난 나비잠자리 한 쌍
날개를 퍼드덕거리며
숨이 가쁜지 잠시 날개를 접는다.

서로의 손 떨림을 느끼면서
꽃이 되고 새가 되어 오르는 동안
허공에 두 갈래 길이 보인다.

꽉 잡아,
둘은 약속한 듯이
고불고불한 내리막길 하염없이 내달린다.

시詩가 있는 거리

우장산 거리에는
벚꽃, 목련이 형이네 아우네
앞 다투어 피어 코끝을 간지럽히고

활짝 핀 라일락이 눈 깜짝할 사이
사라지면 초록 잎은 기다린 듯
 마음껏 기지개를 켠다.

가을 문턱에 들어서나 했더니
뜻하지 않은 비바람 손님이 들이닥쳐
놀라서 그만 떨어진 잎사귀 뜨락에 뒹군다

아쉬워 자꾸만 뒤돌아보는데
청소부 아저씨는 말도 없이
지그재그 낙엽을 쓸어 담고

아이들이 기다리는 유치원으로 발걸음을 옮기는데
詩는 자꾸만 뒤따라온다.

장미공원

바람난 벌때들
이리저리 옮겨 다니고
유월의 백만송이
야살을 떨며 유혹한다.

수줍음에 붉은빛 감돌며
아침이면 젖은 눈망울
다시 정사를 꿈꾼다.

날로 눈꺼풀이 무거워지고
들숨 날숨 한숨과 함께
이웃들에게 상처주고
가시 한끝 안고 살아가는 장미
지친 몸 수레에 맡기고
꺼져가는 저녁노을
제 얼굴 바라보듯 멍하니 바라본다.

철없는 초승달

긴 눈썹에 뾰족구두 신고
다이어트 하느라 홀쭉해진 뒷모습

엄마는 안쓰러운지
둥근 밥상 한상 가득 챙겨주고
이제나 저제나
볼살 오르기만 기다리는데

놀이터엔
초승달과 보름달이 오르락내리락
시이소 놀이를 하고 있다

여름 끝자락

베란다 난간에
힘겹게 오르는 나팔꽃
쪼르르 날아온 새 한 마리
그 주위를 서성인다

한줄기 빗방울에
꽃잎은 생기가 돌고
서로 주거니 받거니 조잘거린다

새가 떠나자
나팔꽃 홀로 흔들거리더니
눈물 몇 방울 매달아 놓는다

가을은 새색씨처럼
사뿐사뿐 걸어오는데
어머니 치마끈 놓친 아이처럼
나만 뒷걸음 치고 있다

소금쟁이

소금쟁이는 뒷발을 뻗으며
모래알처럼 슬며시 빠져 나간다

한길만 달려가는 세상살이
지루한 걸까
화가가 되어 밑금을 긋는다

눈치를 살피며
이리저리 달아나는 육상선수
소금쟁이는 금메달감이다

벚꽃

청사초롱 밝힌 가시버시 인연 맺고
연지곤지 찍고서 불그레한 신부
부끄러워 곁눈질 하는 사이
활짝 핀 꽃잎이 나들이 간다

화관을 쓴 벗들이 입을 모아 축가를 부른다
'별처럼 수많은 사람들 그 중에
그대를 만나 꿈을 꾸듯 서로 알아보고..'*

꽃잎이 한마음 되어 어어둥실 날아다니고
왕방울만한 반지 끼워 주면서
신랑 입가 귀에 걸리고
얼레리 꼴레리 구경꾼들 반달눈 되어 흥을 돋운다.

*이선희 〈그 중에 그대를 만나〉 가사 일부

봄 아이

아이 울음소리에
시끌벅적
천장에 매달린
모빌도 흔들흔들

한해 지나가고
걸음마를 뗄 때면
저만치서 조심스레
걸어오는 봄

얼씨구나
칠렐레 팔렐레
피어나는 꽃

제3부

봉제산

살금살금 숨어든 청솔모
솔방울 하나 뚝 떨어뜨린다
내가 던진 비스킷 먹어치우고
긴 꼬리를 흔들며 사라진 청솔모

온 힘을 다해 토해낸
울긋불긋한 단풍잎
그동안 살아온 내 삶의 무늬는
어떤 모습으로 펼쳐질 것인가

빛바랜 지난 시간들
애써 덧칠을 하고 있는데
산새들이 지지배배 지지배배
새 발자국 남기고 간다.

매미

어쭙잖은 시를 쓰면서
매미의 짧은 생애를 생각해 본다

7년 만에 살며시 세상 밖으로 나와
나무위로 한걸음 한걸음 기어 올라가
죽어라 울어대는 매미의 생
백년 만에 들이닥친 무더위 속에서
온종일 울어 제끼다가
아쉬운 듯 땅속에 알을 떨어뜨리고
기약할 수 없는 길을 떠난 매미

시에 매미를 달아 날아가고 싶다

노랗고 노랗게

산 넘고 물 건너온
울퉁불퉁한 고구마 한 상자
노란 속살이 솜사탕처럼 달콤하다

그동안 데면데면했던 동서들에게도
한 상자씩 보내달라고 친구에게 부탁했다

서둘러 저녁 준비를 하는데
노오란 계란찜이 풍선만큼 부풀어 오른다

담쟁이덩굴

담쟁이가 울긋불긋 벽을 타고 오르고 있다
그것이 방음벽인줄 모르고 힙겹게 오르는 담쟁이
줄지어 서있는 차량처럼 차례대로 오르고 있다

영차 영차
서로가 힘내라고 다독여 보지만
세상을 등지고 가기에는 험난한 세상이라고 투덜대기도
한다

누군가 줄기를 헤치며 이제 세상 밖으로 나가라고
속삭여주는 꿈을 꾸기도 하면서

하늘로 이어진다는 사다리 계단을 타고
구름이 피어나듯 허공 속에 박차고 오른다

더운 지구

입추가 노크를 하고 기다리는데
이제 더위란 놈도 못 들은 척 한다

목련

구름타고 살포시
내려온 여인
모시적삼에
춤추며
금방 날아갈듯

한 잎
한 잎 떨어질 때면
모양새 흩어질세라
흰 적삼 고쳐입고
고운 매 나부낀다

곱게 빗어 올린 쪽진 머리
어머니 닮은 목련이여

꽃들이 놀다

꽃들이 운동회를 열었다

청군은 국화꽃
백군은 구절초
응원단장이 된 팔랑나비 구령에 맞추어
목소리 터져라 외치는 소리

"국화꽃 이겨라"
"구절초 이겨라"
햇살만큼 아이들 얼굴에 웃음이 가득하다

쇠똥구리가 소똥 굴리듯
땀 삐질 삐질 나는 공굴리기
담쟁이 넝쿨처럼
영차 영차 당기는 줄다리기

물의 정원

황야 코스모스는 바람 따라 몰려다니고
구름떼들은 나들이 와서 한가로이 노닐지만
북한강은 한귀로 듣고 흘러내린다.

구름은 변덕스럽게 빗줄기 한바탕 쏟아내고
천둥번개 치며 윽박지르지만
강물은 그저 껄껄거리며 흘러간다

코스모스는 홀로 바라기 하다가
목이 더 길어지고 내년에 오겠다며
씨 주머니 남기고 홀연히 사라지는데
강물은 그러거나 말거나 흥얼거리며 흘러간다.

낙상홍

붉은 열매가 허공에 매달려 있다.

이 저 나뭇가지들이 부러운 듯 바라본다.

옆 동네 화살나무 총각이 손을 뻗는다.

매서운 바람이 슬그머니 비껴간다.

개나리

바깥세상 부끄러워
곁눈질 하고

노랑잎 물고 왔다며
시끌벅적하네.

병아리 부리만큼 짧은 햇볕
짝꿍에게 초록 리본 내미네.

2월

겨울 끝자락 붙잡던 꽃봉오리
성큼 봄이 오나 조바심치는데
눈 깜짝할 사이 함박눈이 내려
세상을 덮는다.

눈꽃 필 듯 말 듯 망설이고
살포시 스치는 바람조차
발을 동동거리며 지나간다.

바람난 사내 마음처럼
갈팡잘팡 하는 사이
날은 저물어 가고

이래저래 딸아이 치맛자락만큼
짧은 2월은 간다.

명태

그물망에 엮어져 세상 밖으로 나왔다
다락 밭처럼 주름진 어부 얼굴
안줏거리가 되어 환한 웃음 안겨 주었다
시집살이 하는 아낙네 손에 코 꿰어 끌려가
허공에 매달린 채 꽁꽁 언 몸으로 지새웠다

복날 개 패듯 두들겨 맞는 바람에
몸뚱이가 갈기갈기 찢어져
대가리와 껍질은 국물에,
내장은 소금물에 절어져 밥상머리에 올려졌다

버릴 것 하나 없는 명태는
버릴 것 많은 사람들 입속으로 사라졌다

개똥나무

깨꼬랑 마을에 사는 영감이 환갑잔치 한다고
꼬부랑 영감한테 연통을 해서
싸게 개똥이를 앞세워 산 넘고 물 건너 찾아간겨

떡이야 술이야 실컷 대접받고
꼬부랑 고개를 겨우 넘어오던 영감탱이
풀밭에 주저앉아 담배 물다가
까무룩 잠이 들었대유

마른 바람타고 뭉글뭉글 피워 오르는 담배 불씨
곁에서 세상모르게 자던 개똥이가
코를 벌름거리며 놀라서 물가에 뛰어 들고
수십 번 수백 번 영감탱이 옷을 적셨대유

개똥이가 처참히 널브러진 모습에
꿈인 겨 아닌 겨 하면서
짚고 다니던 지팡이를 묘비 삼아 꽂아주고
이듬해 다시 찾아 가보니
그곳에 영감탱이보다 더 큰 나무가 있었다네유

아직도 공사 중

허리통증으로 한의원에 가고 있는데
녹슨 포클레인이 구덩이에 코를 박고 있다

골반이 틀어졌다는 한의사 말에
추 나치료도 받고 허리에 침도 맞았다

티브이에서 나오는 소식들은
차마 입에 담을 수 없는 일들이어서

마음씨도 침으로 고쳤으면 좋겠네 하고
발걸음이 무거워지는데

그러거나 말거나
녹슨 포클레인은 아직도 공사 중인지 코를 박고 있다

소리 분수

호수공원 소리 분수는
비행기가 지나가야만 솟아오른다
지아비에게 소박이라도 맞은 것처럼
비행기가 휙 지나갈 때마다
눈물을 펑펑 쏟아 내게 만든 건
도대체 누구의 발상인가

바람난 비행기는 낄낄거리며
태평양도 지나고 대서양도 누비며
덜컹덜컹 아랫도리 털어 낼 것이다

속에서 천불이 난 소리분수는
허공을 향해 휘둘러보지만
바닥으로 내려온 물줄기는
파랗게 멍들어 있다

치마끈 풀어 제치고 훌라춤을 추는데
연못 물고기들이 덩달아 폴짝폴짝
뛰어 오르고 동네 사내들이 헤벌레 바라본다

편지

봉평 메밀밭에
무슨 비밀이 숨어있어
년년年年히 이야기를 쏟아낼까

수런수런 연인들 들녘에 한가득
하롱하롱 대는 메밀꽃은
사람들을 자꾸만
우체통 앞으로 밀어낸다

그때면 그리운 꽃잎이 되어
편지를 썼다가 지웠다가
그림엽서에 몇 자 적어
슬그머니 넣어본다

여름

숲은 목수가 되어서
아늑하고 편안한 집을 짓느라 분주하다
신바람 난 새들이 우듬지까지 차오르고
흐트러진 나뭇가지 곧추 세운다

나무둥지 흔들림 없이 뿌리 내리는 동안
매미는 여름 끝자락 붙잡고
시를 한바탕 읊어대다가
겉옷을 벗어던지고 깊은 잠에 빠진다

얽히고설킨 삶의 길목에서도
허물을 벗어던지고 나아갔다면
지금보다 푸르러운 숲이 되었으리라

시詩

하늘문 활짝 열고
엇박자로
때론 화음을 이루며
날아오르다

십일월

은행잎 사이로 가을 햇살이
덧칠을 하며 간지럽힌다

오랜만에 문우들과 덕수궁 나들이
축구를 좋아하는 희숙이는
낙엽을 한 움큼 쥐어 공처럼 허공에 뿌리고
우리는 카메라 앞에서 마음껏 깔깔거린다

쌀쌀한 바람 피해 여섯 명이 들어선 찻집
울퉁불퉁한 모과만큼 주름살이 늘어가고
지나온 이야기는 엿가락처럼 줄어들지 않는다

우리는 모과차 마시며 하루를 더 늙어가고
창 넘어 덕수궁 뜰엔 나뭇잎이 나풀나풀
십일월 끝머리를 새기면서 생을 마감하고 있다

아리솔반

— 한울유치원

햇볕이 숨 가쁘게 쫓아다니는 봄날
버들강아지처럼 아장아장 걸어오는
아이들 발걸음마다 새싹이 돋아나면
정성스레 가꾼 텃밭 상추도 쑥쑥 자라난다

아이들은 새로운 이야기 몰고 다니고
어른들은 날마다 허풍쟁이 되어 날라리 분다

밥투정 하는 아이들
물고기 보러 가자는 말 한마디에
한 그릇 뚝딱 해치우고 달려가
까치발 하고 눈싸움을 하면서
금붕어와 함께 헤엄을 치고 있다

제4부

살림살이

집 한 채 지은 구름이
하늘솥에 불을 지펴 연기를 뭉게뭉게 피어올리고
조각 이불을 만들어 자리를 펼칠 때
바람꽃이 다가와 슬그머니 훔쳐간다

떨어져 내리는 눈물방울로 지어낸 밥상에
눈치 보며 살금살금 모여드는 아이들
소복한 밥그릇 게 눈 감추듯 먹어치운다

눅눅해진 솜이불 통통한 햇볕에 말리면서
뜬 구름 잡는 세상살이지만
새털구름 타고 또 다른 세상 속을 엮어본다

성탄절
— 선물

들끓은 세상 속으로 아기천사가
하얀 눈가루 선물을 듬뿍 뿌리신다.

어린 시절 새벽송이 어렴풋이 들려올 때면
문 앞에 선물이 걸려 있곤 했다

금방울 은방울 흔드는 구세군
누군가에 선물을 건네고 싶은 오늘

늘 내 곁에 오시는 당신을 생각하면서
날리는 눈 한 점 손바닥 위 받는다.

세탁기

손때 묻은 드럼 세탁기가
갱년기 겪는 여성처럼
목소리가 커지고
급기야 우울증에 걸려
사다리차에 실려갔다
꽁무니에 휘청거리며
오래오래 사라질 때까지 내려다보았다

새롭게 태어난 통돌이가
내 곁으로 다가오고
설레는 마음으로 쓰다듬는다

하지만 첫사랑처럼
가슴 한곳이 휑한 것은 무엇 때문일까

자식농사

시장 모퉁이에 씨앗 파는 할머니
일찍 홀로되어 오롯이 육남매를 키우고
할머니 등에서 함께 울고 웃던 막내아들
그 씨앗이 자라 장사를 돕고 있다

그만 일찍 들어가 쉬시라는
아들 성화에도 손사래를 치신다.
언청이 쭉정이 씨앗을 틔워내며
꽃이 활짝 피우기를 기다린 오십년 세월

언젠가는 마지막 씨방마저 날려 보내고
홀로 두둥실 저 세상으로 넘어가리라

양은냄비

화성에서 날아온 신랑은
불같은 성격 때문인지
민낯 얼굴에 반했다며
결혼식도 올리기 전
첫 날 밤을 치르고
금성에서 날아온 신부는
날아다니는 냄비 뚜껑 붙잡아
다니느라고 분주한 세월

날이면 날마다 조용할 날 없이
동네방네 떠나가도록 천둥 번개 치더니
불꽃같은 사랑이 사그라지고
얼음보다 더 차갑게 이혼 도장 내밀더라.

배려

풍선처럼 부푼 등나무 아래
허리가 휜 할머니 둘
등나무 얽히듯 얽힌 세월
한 올 한 올 풀어서 펼쳐보인다

"자식 새끼들 소용읈어, 통 소식도 없고"
"그려, 늙으면 연금이 효자랑게"

그걸 엿듣고 있던 등나무가
살랑살랑 바람을 일으켜
씩씩거리는 할머니 등에 부채질 한다

마지막 기차

첫사랑이었던 이웃 오빠를
고향에 오가던 기찻길에서 만나는 순간
꼬리방울 만큼이나 가슴은
콩닥콩닥 뛰었다

몇 년 뒤 추석연휴 그 길에서
그와 다시 스쳐갔고
그의 손엔 선물 꾸러미와
한복 입은 여인이 곁에 서 있었다
멋쩍은 눈웃음 뒤로 하고
무거운 발걸음으로 열차 칸에 올랐다

차장 밖 노오란 은행잎은
순식간에 허공에 날리고
첫사랑도 멀어져갔다

부활절

오늘은 부활절
달걀에도 꽃이 핀다

개나리 노란 부리로 봄 햇살 쪼아대고
진달래도 근질근질한지 슬며시 깨어난다

이 땅에서는
예수님을 따라 십자가를 지고
가시밭길을 걸어가는
사람들도 많고

광화문 거리에 날리는 꽃잎
날아오르는 풍선 바라보며
새로운 세상을 꿈꾼다

비 오시는 날

산책길 모퉁이에서
배추벌레 한 마리가 소리도 없이
스멀스멀 기어다니며 배추 몸을 간지럽힌다

납작 엎드린 채 기어 다니며
잎사귀에 구멍을 숭숭 뚫어놓고
야금야금 상처를 내며 나아간다

빗줄기에 한결 생기를 되찾은 남새밭
넉넉해진 고랑 길 숨을 고르고 견디면서
허리굽은 농부 손에 안겨질 날만 기다린다

허공에 나부끼는 물결나비 한 마리 날갯짓하며
후드득 후드득 빗방울 털어내고
물결무늬 더 깊게 새기면서 날개를 쥐락펴락 한다

멸치살이

한걸음 앞서 계절을 알리는 남쪽바다 죽방렴
후리소리 내며 순이 아베 그물을 잡아당기고
비린내만큼 진한 땀 냄새 풍겨온다

칼잡이 갈치는 멸치 떼 쫓아다니다가
그물망에 갇히는 신세가 되었다

멍석에 펼쳐진 멸치
가을 햇볕에 다소곳이 엎드려있고
어부는 에헤야 데헤야 풍어가를 부른다

멸치는 죽어
튀김질 당하고 뜨거운 국물에서
이리저리 허우적댈 것이다

그러고도 모자라
뼈대 없는 잇몸을 위해
제 몸뚱이를 아낌없이 내놓을 것이다

두물머리

남한강 물줄기 두물머리에 모여서
초초한 마음으로 궁시렁 궁시렁 거리고
북한강 물줄기가 머리를 쳐들고
뜨거운 김 내 뿜으며 구부렁구부렁
달려와 척, 안기면서
밤새도록 풀어내는 이야기보따리
웃는 얼굴에
다랑이 논두렁처럼
깊게 파인 주름살
오랜 세월 끊긴 소식이
이제야 물줄기에서 마주본다.
서로 얼싸안고 눈물 훔치는 동안
물밑으로 흐르는 남과 북의 물줄기는
벌써 합방을 한다.

냉장고

노크 없이 들이닥쳐도
편안하게 맞이한다.

건망증으로 속을 썩일 때도
허연 입김만 내뿜을 뿐
내색하지 않는다.

문을 수 없이 열고 닫으면서
무얼 찾고 있는지 어물거릴 때가 있다
제 속에서 휴대폰 벨 소리가
울릴 때 냉장고는 무슨 생각을 할까.

놀이터

아침이면 허공에서 내려와
재롱부리듯 지저귀는 새
이슬이 마당 가득 젖어들 때면
청솔모도 곁눈질하는 파아란 집

얼멍얼멍 심은 상추 한줌 뜯어와
노부부가 마주 앉아 쌈싸먹는 집
내 고향 흑백사진이 떠올려지는 그런 집

시집간 막내딸 기다리는 집
할머니는 담 너머로 목을 길게 빼고
덩달아 달리아도 시이소 놀이를 하면서
담 너머로 자꾸만 훔쳐보는 그런 집

꽃보다 사돈

신선이 내려왔다는 선유도에는
양귀비 하늘하늘 손짓하고
우리들은 갈까 말까 눈치를 살핀다.

이십년 전 이웃에서 함께 살았던
그녀의 손을 잡고 선유도 무지개다리를 건넌다.
쥐방울 들락거리듯 서로 지내다가
사돈의 연을 맺었다.

이젠 딸 둘이 시집 갈 때가 되었다고 한다
주거니 받거니 깔깔거리며
그녀와 신선이 되어 웃음보 터트리는 동안
양귀비는 시치미 떼고 하늘을 바라본다.

김밥 뉴스 룸

돌돌 둥글리다보면 어지러운지
세상을 제대로 바라보지 못한다

티브이 화면을 켜면
김밥 옆구리 터지는 소리가
연달아 삐져나오고
이럴 때면 김 한 장 덧대어 다독여 준다

부대끼고 살다보면 정도 들지만
허물을 들추지 못하고
덮어주다 보면 봇물 터지듯 터져 나온다

돌돌 둥글리다보면 제 스스로
속에 있는 것을 연거푸 토해낸다

국수 한 그릇

국수가게 아저씨
산더미만한 폐지를 끌고가는
한 할머니 불러 세워
따뜻한 국수 한 그릇 정성껏 대접한다

어떨 땐 폐지 줍는 할머니들
오지 않을까봐
식당 문을 닫지도 못한다

식당일을 돕고 있는 큰아들
독립해서 그 아버지를 따라한다
그 모습을 보는 아버지의 눈가에
국수자국이 깊게 새겨진다

꽃을 단 고양이
- 정현철 종이공예 아티스트를 위하여

그는 6개월 시한부 판정을 받은 환자였다
얼핏 버려진 종이상자를 보고 자신의
삶인 것 같아 그냥 지나칠 수 없었다

그날부터 내다버린 상자를 가져와
나무를 심고 꽃을 피워냈다

어느 날은 야옹이 한 마리 탄생 시키더니
꼬리에 꽃을 달아주기도 했다

오늘도 버려진 짝퉁 가방을 주워다가
새롭게 비너스로 탄생시키는 그 열정에
불치병도 놀라 멀찌감치 도망쳤다

김장

겉옷을 벗겨 넷으로 나누어보니
노란 속살이 보인다
빳빳하게 고개를 드는 모습을 보고
질투심에 왕소금으로 기를 팍 죽인다

무뚝뚝한 무는
제 몸을 싹둑싹둑 썰어
합방이 잘되기를 바라며
알콩달콩 살아갈 보금자리를 마련한다

며칠 지난 뒤 살며시 훔쳐보니
서로 보글보글 실랑이를 벌이고 있다
40년 동안 부부로 살면서
그렇게 섞여 저리고 삭히며 살아왔다

겉절이보다 묵은 김치가 좋은 까닭은
오랫동안 곰삭아 하나가 되었기 때문이다

제비가 떠났다

구멍가게 처마에 제비가 둥지를 틀고
새끼를 여럿 낳아 지저귀자
갑자기 손님들도 북적대기 시작했다

사람들이 이구동성으로 한마디
"오매~ 박 씨 하나 물어다 주었당가요?"
"암요~ 겁나게 손님들을 물어다 주었당께"
노부부는 환한 웃음으로 손님을 맞이한다

아등바등 새끼를 돌보던 제비는
노부부 주위를 맴돌다가
가을이 되어 강남으로 떠났다

빈 둥지 하염없이 바라보는 노부부
오가는 손님들도 빈 둥지
한참을 바라보다가 허탈하게 돌아선다

최고의 선물

내 생일날 꽃다발을 안겨 주던 아들 녀석에게
국화꽃 닮은 신붓감 좀 데려오라고 노래 불렀더니
남편 생일날에 여자 친구와 나타나서는
축하한다는 카드와 함께 선물을 건넨다.
그날 이후 평소엔 향수를 가까이 하지 않던 남편이
외출을 하려면 꼭 흐뭇한 표정으로 향수를 옷깃에 뿌린다.

삶의 깊이를 느끼게 하는 맑은 시

| 오봉옥 (시인, 서울디지털대학교 교수)

1.

미당 서정주 시인은 「마흔 다섯」이라는 시에서 "마흔다섯은/ 귀신이 와 서는 것이/ 보이는 나이"라면서 "귀신을 기를 만큼 지긋치는 못해도/ 처녀귀신하고/ 상면은 되는 나이"라고 말했다. 난 마흔다섯을 넘어 이미 이순에 가까워 졌고, 詩歷도 35년이 다 되어가는 데 좀체 귀신이 보이질 않는다. 다만 시를 오래 쓰다 보니 척 보면 아는 게 한 가지 쯤은 있는데, 그것은 다름 아닌 상대가 시는 얼마나 좋아하는지, 시의 기량은 어느 정도 되는지, 앞으로 시는 얼마나 쓰게 될 것인지를 직관으로 알 수 있다는 사실이다. 문화센터 시창작반에서 유우영을 척 보고 알았던 건 '저 사람에게 시는 운명 같은 것이다, 죽을 때까지 시를 쓰게 될 사람이라는 것'이었다.

유우영의 살아온 이력을 들춰보면, 1953년 전주에서 1남 7
녀 중 막내로 태어났다는 것, 집에 피아노가 있을 정도로 비교
적 유복한 가정에서 성장했다는 것, 중고등학교 시절엔 교지 같
은 데 자신의 작품을 실었을 정도로 문학소녀였다는 것, 서라벌
예술대학을 나와 음악강사를 잠시 했다는 것, '계간수필'에 초
회 추천을 받은 작가예비생이었다는 사실 등이 필름처럼 이어
진다.

유우영은 시공부를 시작한지 얼마 지나지 않아 '한카문학상'
을 받게 되었다는 소식을 전해왔다. 난 그때 당연한 일이라고
생각했다. 그는 매주 시 한 편씩을 들고 문화센터에 들어선다.
그것도 몇 달이 아니라 수년 째 계속되는 일이다. 일주일에 시
한 편씩을 써낸다는 건 다작의 대가들에게서나 발견할 수 있는
결코 쉽지 않은 일이다. 그런 점에서 난 작품의 우수성 뿐 아니
라 그런 성실성만으로도 '한카문학상'을 받는 데 손색이 없었다
고 평가한다.

2.
『꽃들이 놀다』의 시적 출발은 유년시절의 가족과 고향의 세
계이다. 거기에는 아버지와 어머니, 그리고 언니들이 한 시대를
조망하며 등장한다.

산정호수에 꽁꽁 얼어붙은 빙판길
썰매자전거 타는 동안 생각하니

호수만큼이나 깊어 보였던 아버지

그 품속에 안기곤 했던 어린 시절
팔남매 모두 아옹다옹 커가는 동안
살얼음판을 망설임 없이 걸어가셨다

눈밭에서도 곧게 서있는 소나무
추운 겨울일수록 더 푸르다는 것을
아버지를 잃고서야 나는 알았다
                    -「세한도」 전문

은빛실로 한 땀 한 땀 지은
억새밭 사이 아기둥지
고물고물한 새끼들이 들락거린다

지저귀는 어린 새소리에 엉킨 마음도
실타래 풀리듯 바람결에 풀려가고
종종걸음 치는 동안 허리는 휘청휘청
하나 둘 어미 품에서 모두 떠나보내자
어느새 앙상하고 구부정한 뒷모습

그제야 억새는 하얀 새가되어
긴 팔을 이리저리 휘젓는다
                    -「어머니」 전문

'세한도'는 추사 김정희의 그림이다. 거기에는 추운 겨울에
도 푸르름을 잃지 않는 소나무의 형상과 함께 작은 초막이 놓여
있다. 귀양 간 추사 김정희 선생의 쓸쓸한 심정은 초막에, 그럼
에도 대장부로서의 기상을 잃지 않고 살아가는 의지는 푸른 소
나무의 형상 속에 담겨 있다. '세한도'의 푸른 소나무의 형상처
럼 아버지는 자식들을 위해 '살얼음판을 망설임 없이' 걸어가신
분이다. 그래서 '호수만큼' 깊어 보이는 존재, '추운 겨울일수록
더 푸르게' 빛나는 존재이다.

아버지의 존재가 푸른 소나무의 형상으로 그려진 「세한도」
와 달리 어머니의 존재는 '허리'가 휘청거리고 가늘고 긴 팔을
이리저리 흔드는 '억새'로 그려진다. 「세한도」에서의 아버지가
'호수만큼이나 깊어 보이는' 든든한 존재라면 「어머니」에서의
'어머니'는 '앙상하고 구부정한 뒷모습'을 지닌 연민의 대상이
다. '어머니'는 '고물고물한 새끼들'을 위해 '억새밭 사이'에 '아
기둥지'를 '은빛실로 한 땀 한 땀' 짓는다. '고물고물한 새끼들'
을 키우느라 고단한 어머니는 '지저귀는 어린 새소리에 엉킨 마
음'도 '실타래 풀리듯 바람결'에 풀어낸다.

그렇게 키운 새끼들을 모두 떠나보낸 '억새'는 '어느새 앙상
하고 구부정한 뒷모습'이 되어 새끼들이 떠나간 하늘을 향해
'긴 팔'을 이리저리 휘젓는다. '은빛실'의 화려함을 뒤로하고 어
느새 흰 머리 그렁그렁한 '하얀 새'가 되어 가늘고 긴 팔을 휘젓
고 있는 것이다. 비유의 솜씨를 보여주는 「어머니」는 유우영의
시적 기량을 엿볼 수 있는 귀중한 시이다. 비유의 솜씨와 함께
보여주는 유우영 시의 또 한 특징은 이야기의 자연스러운 전달

력에 있다.

    넓디넓은 운동장
    교장 선생님 조회시간은 길어지고
    교사였던 언니를 졸라 여섯 살에 입학한 나는
    발가락을 꼼지락 거리다가
    운동장에 서있는
    큰 언니 치맛자락 속으로 쏙 들어가버렸다
    당황한 언니는 강당으로 데려가
    처음으로 회초리를 들었다

    "학교는 놀이터가 아니야
    여기서는 언니라고도 부르지 마"

    집에 돌아온 나는 비녀머리를 한 어머니 품에서
    언니를 일러바치고 눈물자국 남기고 잠이 들었다
    -「여섯 살 인생」 전문

    꽃향기 풍기며 언니들 나들이 가고
    벌떼처럼 기웃거리는 이웃 총각들
    내게 쪽지 심부름을 시키곤 했다.
    어머니가 언니들 부르는 소리에
    숨어든 나의 가슴은 콩닥 콩닥
    -「이팝꽃」 중에서

유우영은 시를 억지로 만들지 않는다. 전달력을 강화시키기 위해 비유의 솜씨를 발휘하거나 담담한 필치로 서술할 뿐이다. 그의 시는 때로 구어를 동원함으로써 시적 실감을 배가시킨다. 그는 옆 사람에게 이야기하듯 자연스럽게 이야기를 풀어가기 때문에 막힘이 없다. 여섯 살 때의 이야기를 들려주는 「여섯 살 인생」은 이야기의 실감을 보여주고 있는 이야기 방식의 서술시라고 할 수 있다. 팔남매의 막내로 태어난 시인은 교사였던 '큰 언니'를 졸라 '여섯 살에 입학'을 한다. '여섯 살'인 어린 화자에게 기나 긴 '교장선생님'의 훈화는 '발가락'을 꼼지락거리게 하고, 인내심의 한계를 불러일으켜 '운동장에 서 있는/ 큰 언니 치맛자락 속'으로 숨어들어가게 한다. 그 순간 교사인 언니가 얼마나 당황했을지는 말을 안 해도 잘 알 수 있는 일. 언니는 '처음으로 회초리'를 들며 '학교는 놀이터가 아니야/ 여기서는 언니라고도 부르지 마'라며 혼을 내기에 이른다.

집에 돌아온 어린 화자는 어머니에게 '언니'를 일러바치고 눈물자국 남기고 잠이 들게 된다. 이렇듯이 「여섯 살 인생」은 이야기가 주는 시적 형상의 묘미를 잘 보여주고 있는데 「이팝꽃」 역시 마찬가지로 진행된다. '이팝나무는 꾀복쟁이 때부터/ 나와 언니들을 숨겨주고 키웠다'는 이 시는 이팝나무에 얽힌 추억을 자연스럽게 들려준다. 이팝꽃이 피면 '언니들은 나들이'를 가고 '이웃 총각들'은 '벌떼처럼' 달려들어 어린 화자에게 '쪽지 심부름'을 시킨다. 아무리 나이 어린 화자일지라도 '쪽지 심부름'이 정당한 일이 아닐 것이라는 점쯤은 느낌으로도 알 수 있는 일. '어머니'가 '나들이'를 간 언니들을 부르면 나이 어린 화자는 큰 죄라도 지은 듯이 '가슴'을 콩닥거리게 된다. 이 시는 딸 많은 집의 분위기와 정서를 한 토막의 일화를 통해 자연스럽게 전달하는 특징을 가진다. 이야기시의 장점은 이야기의 재미를 통해 독자를 시 속으로 쉽게 끌어들이는 데에 있다. 다음의 시가 또 그런 경우이다.

깨꼬랑 마을에 사는 영감이 환갑잔치 한다고
꼬부랑 영감한테 연통을 해서
싸게 개똥이를 앞세워 산 넘고 물 건너 찾아간겨

떡이야 술이야 실컷 대접받고
꼬부랑 고개를 겨우 넘어오던 영감탱이
풀밭에 주저앉아 담배 물다가
까무룩 잠이 들었대유

마른 바람타고 뭉글뭉글 피워 오르는 담배 불씨
곁에서 세상모르게 자던 개똥이가
코를 벌름거리며 놀라서 물가에 뛰어 들고
수십 번 수백 번 영감탱이 옷을 적셨대유

개똥이가 처참히 널브러진 모습에
꿈인 겨 아닌 겨 하면서
짚고 다니던 지팡이를 묘비 삼아 꽂아주고
이듬해 다시 찾아 가보니
그곳에 영감탱이보다 더 큰 나무가 있었다네유
　　　　　　　　　　　　　　　-「개똥나무」 전문

이 시는 패러디의 묘미를 보여주고 있는 작품이다. 이 시를 보면 유우영이 이야기꾼으로서의 재기를 얼마나 잘 가지고 있는지 알 수 있다. '개똥나무' 전설은 따로 있다. 백정의 아들이 양반집 규수를 짝사랑하다가 들켜 관가에 끌려가 맞는다. 백정의 아들은 자신의 신세를 한탄만 하다가 죽고 만다. 그 후 양반집 규수가 나들이를 다녀오던 길에 그 백정의 아들이 묻힌 무덤가를 지나가게 된다. 그런데 그 규수의 발이 무덤 앞에서 떨어지지를 않는다. 많은 사람들이 달려와 발을 떼어내려고 해도 되지 않자 규수는 애를 태우다가 결국에는 죽고 만다. 양반집 부모들은 이 기구한 운명을 생각하며 백정의 아들과 영혼결혼식을 시켜주었는데 어느 날 보니 그 자리에서 나무 한 그루가 자라면서 예쁜 꽃을 피우게 된다. 이것이 바로 누리장나무(개똥나무)의 전설이다.

유우영의 시 「개똥나무」는 본래의 전설과 달리 '오수 개 이야기'를 패러디 해 새롭게 풀어낸다. 아시다시피 '오수 개 이야기'는 불이 난 것을 모르고 잠든 주인을 구했다는 개의 이야기이다. 주인은 개가 자신을 위해 목숨을 바쳤음을 알고 개를 묻은 뒤 자신의 지팡이를 꽂아주었는데 나중에 이 지팡이가 나무로 자라났다고 한다. 그래서 붙여진 이름이 '개 오'(獒)자와 '나무 수'(樹)자를 합하여 '오수'라는 이름이 지어졌고, 그 일이 생긴 고장의 이름도 '오수'로 바뀌었다는 것이었다. 그런데 재미있는 것은 이 '오수 개 이야기'가 '개똥나무 전설'로 둔갑을 했다는 점이고, 이 시의 이야기가 나무 이름에 비추어 생각해볼 때 '개똥나무 전설'이나 '오수 개 이야기'의 전설보다 더 그럴싸하다는 점이다.

　옛날엔 개의 이름을 '개똥이'로 부르는 경우가 많았다. 그런 점에서 '개똥이'가 죽어 '개똥나무'가 되었다는 이야기가 설득력을 얻는다. 요즘 나이 든 사람들이 하는 말놀이로 '아재 개그'란 게 있다. '아재 개그'는 동음이의어를 통해 말놀이의 재미를 추구하는데 그 특징이 있다. 현대시도 '말놀이'의 재미를 구가하는 작품이 많다. 말놀이와 형식의 묘미를 잘 섞어 즐거움을 배가시키고 있는 작품들, 말놀이와 서사를 결합하여 즐거움을 증폭시키는 작품들, 동음이의어를 통한 말놀이로 읽는 재미를 배가시키는 작품들이 많은 것이다. 이와 같은 흐름 속에서 유우영의 시 「개똥나무」도 탄생한 것으로 보이는데 문제는 기존의 전설들을 비튼 이 이야기가 기존의 이야기들 보다 더 그럴싸하다는 점이고, 이것이 또 시인이 설정한 패러디의 의도라는 점에서 눈길을 사로잡는다.

목련 꽃 등불이 하늘을 향해
조금씩 조금씩 입을 벌리며
제 속을 태우는데

나는 눈인사도 제대로 하지 못한 채
잔인한 4월을 보내고 있다

가지마다 노오란 핏줄 번져가고
꽃잎이 하나 둘 떨어지는데

등불 한번 밝히지 못하고
마당 한 귀퉁이에 떨어진 꽃봉오리

내가 부르는 소리에 화들짝 놀라
닫힌 가슴을 활짝 열어젖힐 것 같다
-「사월」 전문

이 시는 개인적 서정성을 발현해 쓴 많은 시편들과 달리 어두운 시대의 한 단면을 조망한 작품이다. 이 시는 '세월호 사건'을 다루고 있다. '세월호 사건'은 안전관리에 취약한 어른들이 수많은 학생들을 비명횡사하게 만든 비극적 사건이다. 그런 점에서 이 시를 지배하고 있는 것은 죽음의 이미지이다. '사월'은 '가지마다 노오란 핏줄이 번져가는' 시기, 그리하여 화려한 목련꽃이 피어나는 시기이다. 그런데 이 화려한 봄날에 '마당 한 귀퉁이'에선 수많은 '꽃봉오리들'이 '등불 한번 밝히지 못하고' 떨어져 있다. 화자는 그런 '꽃봉오리들'을 보고 안타까운 심정을 내비친다. 자신은 '눈인사도 제대로 하지 못한 채 잔인한 4월을 보내고 있다'거나 자신이 부르는 소리에 그 '꽃봉오리들'이 '화들짝 놀라 닫힌 가슴을 활짝 열어젖힐 것 같다'거나 하는 식으로 말이다.

이 시는 '세월호 사건'을 다룬 시가 아니라 꽃 한번 펴보지 못하고 떨어진 '꽃봉오리들'을 노래한 시로 읽어도 무방하다. 그러나 그렇다고 해도 중요한 것은 화자의 시선이 그늘에 가 닿고 있다는 점이다. 화자의 시선은 '가지마다 노오란 핏줄 번져가는 꽃잎'이나 등불을 환하게 단 '목련꽃'이 아닌 '등불 한번 밝히지 못하고 마당 한 귀퉁이에 떨어진 꽃봉오리'에 가 닿고 있는 것이다. 「사월」이 어두운 시대의 한 단면을 조망한 작품이라면 「명태」는 존재의 의미에 대해 노래한 작품이다.

그물망에 엮어져 세상 밖으로 나왔다
다락 밭처럼 주름진 어부 얼굴
안줏거리가 되어 환한 웃음 안겨 주었다
시집살이 하는 아낙네 손에 코 꿰어 끌려가
허공에 매달린 채 꽁꽁 언 몸으로 지새웠다

복날 개패 듯 두들겨 맞는 바람에
몸뚱이가 갈기갈기 찢어져
대가리와 껍질은 국물에,
내장은 소금물에 절어져 밥상머리에 올려졌다

버릴 것 하나 없는 명태는
버릴 것 많은 사람들 입속으로 사라졌다
-「명태」 전문

이 시는 유우영에게 각별한 의미가 있는 작품이다. 이 시로 '한카문학상'을 받았기 때문이다. '명태'의 삶은 우리에게 존재의 의미에 대해 다시금 생각해 볼 것을 주문한다. '명태'는 '그물망에 엮어져 세상 밖'으로 나와 '주름진 어부'의 얼굴을 환하게 만든다. '명태'는 '버릴 것'이 하나도 없는 존재이다. '대가리와 껍질'은 '국물'로 이용되고, '내장'은 소금물에 절여져 젓갈이 되며, '몸뚱이'는 갈기갈기 찢겨져 안줏거리가 된다. '버릴 것 하나 없는 명태'는 명태라는 존재의 가치를 한 마디로 정의한 것이라 할 수 있다. 그런데 이 시는 여기에서 머무르지 않고 그 명태가 '버릴 것 많은 사람들 입속으로 사라졌다'고 하여 인간의 삶에 대한 성찰까지 이르고 있다.

'명태'의 삶을 노래한 이 시는 마지막 행에서 '사람들'을 언급함으로써 피드백 효과를 자아낸다. 명태가 '그물망에 엮어져 세상 밖'으로 나왔다면 '나'는 어떻게 세상 속으로 나온 것인지, 명태가 '버릴 것 하나 없는 존재'라면 '나'는 과연 어떤지, 혹 욕망으로 가득한 존재는 아닌지, 혹 그 욕망으로 남에게 기쁨을 주기는커녕 해를 끼치고 있는 것은 아닌지, 명태는 죽는 순간까지도 누군가에게 기쁨을 안겨주는 존재라는데 '나'는 죽어서 그 누구에게 기쁨을 안겨줄 수 있는 것인지, 이 시는 읽는 독자에게 자신을 향해 스스로 끝없이 질문해 볼 것을 주문한다. 「명태」는 글자 한 자를 넣고 뺄 수 없을 만큼 완성도가 높은 이 시집의 여러 수작들 중 하나이다.

유우영의 시들을 간략하게 살펴보았다. 많은 시편들에서 보여주는 비유의 솜씨, 애써 기교를 부리지 않고 자연스럽게 풀어감으로써 전달력을 높이는 진술방식, 이야기꾼으로서의 재기, 시적 내용을 명징하게 전달하는 능력 등등. 맑은 시세계 속에서 많은 것을 생각하게 만든 첫 시집의 상재를 축하드리고, 나이와 관계없이 약진을 거듭하는 건각이 되시기를 기원한다.

꽃들이 놀다

초판	1쇄 인쇄일	단기 4353년 (서기 2020년) 2월 15일
초판	1쇄 발행일	단기 4353년 (서기 2020년) 2월 21일

지은이	유우영
펴낸이	황혜정
인쇄처	삼광인쇄
펴낸곳	문학사계
	등록일 2005년 9월 20일 제318-2007-000001호
	서울시 송파구 강동대로 61-4, 2층
	Tel 02-6236-7052

배포처	북센(031-955-6706)

ISBN	978-89-93768-59-6
가격	9,000원